🌸 백화현 글

애벌레인 우리가 다 함께 나비로 날아오를 수 있는 길, 교사일 때는 학교도서관과 독서교육에서 그 가능성을 봤기에 그 일에 힘을 쏟았고, 2015년 퇴직 후에는 도란도란 책모임과 시니어 그림책 운동을 통해 그 꿈을 좇고 있습니다.

지은 책으로 『도란도란 책모임』, 『책으로 크는 아이들』이 있으며, 함께 지은 책으로 『학교 도서관에서 책 읽기』, 『유럽 도서관에서 길을 묻다』, 『아름다운 삶, 아름다운 도서관』, 『혁신학교, 한국 교육의 미래를 열다』 등이 있습니다. 그리고 '시니어 그림책' 시리즈를 기획하고, 『할머니의 정원』과 『엄마와 도자기』에 글을 썼습니다.

🌸 백한지 그림

미술을 기반으로 한 다양한 매체를 이용하여, 쉽게 누락되는 인간 존재를 조명하고 수면 위로 끌어올리는 작업을 합니다.

또한 'URTOPIA(유아토피아)'라는 사회적 브랜드를 운영하며, 여러 분야 작업자들과의 협업을 통해 '예술의 직접적인 사회적 기여'의 가능성을 고민, 실천하고 있습니다.

엄마와 도자기

엄마와 도자기

백화현 글 백한지 그림

세상의 모든 부모님께

"또 도자기요?"

엄마는 이번 칠순 생신에도 도자기 말고 다른 선물은 필요 없으시대요.

대학에 합격하고 얼마 지나지 않은 때였어요.

그해 설날, 할아버지, 할머니, 삼촌 들로부터 세뱃돈을 넉넉히 받았더랬어요.

고3 내내 따뜻한 밥 먹여 보내야 한다며 새벽마다 아침을 새로 지어 주신 우리 엄마, 밤에 집에 올 때면 큰길가까지 마중 나와 손잡아 주던 우리 엄마….

이 돈이면 나도 엄마에게 뭔가 해 드릴 수 있을 것 같아 물었지요.

멋진 선물을 하고 싶은데, 뭘 해 드리면 좋겠느냐고요.

엄마는 눈을 동그랗게 뜨고 손사래까지 치며 말했답니다.

"이미 최고의 선물을 받았잖니. 네 합격보다 더 멋진 선물이 어디 있어?"

그래서 며칠 졸졸 쫓아다니며 애원해야만 했어요.

"난 필요한 게 없어. 옷도 있고 가방도 있고 구두도 있고…. 다 있잖아."

"그런 거 없는 사람이 어디 있어요? 엄마가 가진 건 죄다 10년도 더 됐잖아요. 촌스럽다고요."

"난 오래된 것들이 좋아. 정이 들었잖아."

"어휴, 그럼 다른 것이라도…. 뭔가 좋아하는 것이나 필요한 물건 하나는 있을 거 아니에요?"

엄마는 한참을 망설이다
어렵게 입을 떼셨어요.
"그럼… 꽃병 하나 사 줄래?"

"응? 무슨 꽃병?"

 놀랍고 반가워 얼른 물었죠.

"친구들이랑 인사동 갔을 때 맘에 드는 도자기 꽃병이 하나 있었는데, 돈이 아까워서 못 샀거든."

"에구, 그냥 사 오지 그랬어요. 엄마도 맘에 드는 것 하나쯤 가져도 되잖아."

미안함과 답답함에 볼멘소리로 말하고 말았어요.

"밥해 먹을 것도 아닌데 꽃병을 5만 원이나 주고 사려니…. 근데 그게 자꾸 아른거리네…."

엄마는 꿈꾸는 사람처럼 몽롱한 표정으로 허공을 바라보았습니다.

"당장 가요, 얼른. 내가 사 줄게."

 이때를 놓쳐선 안 되겠다, 싶었지요.

그날 엄마에게 조선 시대 백자풍의 목이 굵은 꽃병과
포도와 대나무 그림이 각각 그려진 작은 백자 단지
두 개를 선물해 드렸어요. 엄마는 꽃병 하나만 사겠다며
안 된다고 했지만, 도자기 가게에 들어서자마자 심장 뛰는
소리가 들려올 만큼 흥분하는 엄마를 보니, 좋아하는 것을
모두 사 드리고 싶었습니다. 하지만 엄마의 완강한 반대로
더는 사 드릴 수가 없었어요.

엄마는 그날부터 장식장에 이걸 넣어 두고 보물단지처럼 애지중지했답니다. 단지는 주방 그릇으로 써도 될 법한데, 깨질지 모른다며 바라만 보았지요.

그때 알았어요. 엄마가 도자기를 좋아한다는 걸.

엄마는 옷이나 가방, 액세서리 같은 것도 안 좋아하고,
화장도 거의 하지 않아 선물 고르는 일이 무척이나
어려웠거든요.
처음이었어요. 엄마가 선물 받고 그리도 좋아하는 모습을
본 것이….

그 후로 엄마에겐 늘 도자기를 선물해 드렸답니다. 엄마는 뭐 하러 이런 걸 자꾸 사느냐며 꾸중하면서도 매번 행복해하는 표정을 숨기질 못했어요.
그러기를 25년째예요.

"엄마, 칠순에는 아빠랑 유럽 여행 다녀오세요. 엄마가
 우리 애들 안 키워 줬으면 나 벌써 직장 관뒀어요. 나랑
 재준이가 이렇게 잘 클 수 있었던 것도 엄마 덕이고⋯.
 그러니 이번엔 우리도 엄마에게 해 드리고 싶은 거 하게 해
 주세요."
간절한 눈빛으로 엄마를 조릅니다.

"재준이는 용돈 잘 주고, 넌 대학 들어갈 때부터 지금까지
내가 좋아하는 도자기 다 사 주었잖아. 그럼 됐지, 무슨
유럽 여행이야? 돈도 너무 많이 들고…. 가고 싶지 않아."
엄마는 쉽게 물러설 것 같지가 않아요.
"도자기는 도자기고, 여행은 여행이라니까요. 여행 안
가시면 앞으로 도자기 선물 안 해 드릴 거예요."
눈을 잔뜩 흘겨 뜨며 협박하듯, 애원하듯 말합니다.

"잘 됐구나. 넌 이제 그만 사 줘도 돼. 내 용돈으로 사도
충분하지. 난 어디 돈 쓸데도 없잖니."
엄마는 짓궂은 표정으로 나를 보며 웃습니다.
"에휴, 정말 못 말리는 분이라니까…. 아빠 생각은 안 해요?
아빠는 여행 가고 싶어 하시던데…."
어떻게든 엄마 마음을 돌려 보려 아빠까지 동원해 봅니다.
"아빤 해외 여러 번 다녀왔잖니. 이번엔 가까운 친척들끼리
맛있는 밥이나 먹자. 난 그런 게 제일 좋아."

뽀로통해진 난 퉁명스럽게 물어요.

"그럼 도자기는? 도자기는 몇 번째데?"

"도자기? 도자기는 당연히 첫 번째지!"

"어머나, 우리가 첫 번째가 아니고? 엄마 너무한 거 아녜요?"

나도 모르게 엄마를 다그치고 맙니다.

"바보야, 너넨 0번이지. 가족은 순위가 없는 거잖아."

"어머머, 이젠 울 엄마가 농담도 잘하시네."

여전히 툴툴대는 딸을 보며 엄마는 방그레 웃습니다.

문득 궁금해졌습니다. 다른 건 다 싫다는 분이 어떻게 도자기는 그리도 좋아하는지요.
"엄마, 엄마는 도자기가 왜 그렇게 좋아요?"
"글쎄, 그냥 좋아. 도자기를 보고 있으면
 시간 가는 줄도 모르겠고, 보고 싶고, 또 보고 싶고,
 그렇거든."
엄마는 넌지시 그릇장에 눈길을 던집니다.
엄마의 눈길이 닿는 곳마다 햇살이 비쳐 듭니다.
"엄마, 도자기가 그렇게 좋으면 직접 구워 보세요.
 요샌 전기 가마가 있어서 굽기도 쉽대. 엄만 손재주가
 좋으니 어렵지 않을 거예요. 문화센터에서 어르신을
 위한 도자기 강좌도 하던데 등록해 줄까? 어찌 알아요?
 엄마에게 숨겨진 재능이 있을지…."
괜스레 마음이 들떠 큰 소리로 묻습니다.

"아서, 그건 너무 번잡스러워서 싫어. 돈도 많이 들고…."
엄마는 고개를 절레절레 흔들며 싫다고 해요.
"그럼 글을 써 보면 어때요? 예전에 나한테 편지 잘
써 줬잖아요. 도자기에게 편지를 써 봐요. 와우, 멋지겠다!"
혹여 엄마가 재능을 묻고 살아온 건 아닌지, 자식들이 다
떠난 집에서 쓸쓸하진 않을지 염려스러워 이것저것 권해
봅니다.
"난 그냥 도자기를 바라보는 게 좋아. 도자기를 보고
있노라면 이런저런 생각이 떠오르고, 도자기랑 여러 얘길
나누기도 하고 말이야."
엄마는 멋쩍게 웃으며 두 손을 모아 쥡니다.

"아, 그런 거였구나!"

이제야 엄마의 비밀이 풀리는 듯합니다.

"도자기는… 우리 식구 같기도 하고, 친구 같기도 하고,
무슨 이야기 같기도 하단다.
이 애들을 보고 있으면 가슴이 시큰거리기도 하고,
그립기도 하고, 울었다, 웃었다, 마음이 출렁출렁해.
도자기는 생명이 있는 것 같아. 다 자기 이야기를 품고
있는 것 같기도 하고…. 그래서 자꾸만 바라보게 돼."

엄마는 사랑스러운 눈으로 도자기 하나하나를
어루만집니다.

"난 도자기를 봐도 별 느낌이 없던데, 엄만 어떻게 그럴까?"

"넌 정말 도자기를 봐도 아무런 느낌이 없어? 생각나는 것도 없고?"

"아주 맘에 드는 몇몇 빼고는 그냥 이쁘다, 멋지다, 독특하다, 조화롭다, 그런 거지. 생명이 있다거나 얘기가 있는 것 같진 않아요."

"나도 모든 도자기가 그런 건 아니야. 그런데 어떤 애들은 내 마음을 강하게 끌어당기곤 한단다. 내게 말을 걸어 와."

"그러니까 글을 써 보라니까요. 엄마가 지금 하신 얘기만 글로 써도 멋진 이야기가 되겠어요."

"아니야. 이건 나와 이 애들만의 비밀이란다. 비밀은 비밀이어야 하는 거잖아."

엄마는 대체 도자기와 무슨 얘기를 하는 걸까요?

"엄마, 너무 궁금해서 그러는데…. 나한테만 살짝, 털어놔 보세요.
이 도자기 찻잔, 내가 첫 월급 타서 사 드린 이 코스모스 찻잔 말이에요. 엄마가 한눈에 반해서 사 달라고 했던 거…. 얘랑은 무슨 얘기해요?"
엄마는 한참이나 코스모스 찻잔을 바라보더니 그리움에 잠긴 목소리로 말을 잇습니다.

"아, 그 아인… 정말 이쁘지. 너도 좋아하지? 울 엄마,
네 외할머니 말이야. 할머니가 코스모스를 정말
좋아하셨거든.
어린 시절 시골 우리 집은 동네 끝에 있었는데, 버스에서
내려 둑길을 한참 걸어 들어가야 나왔어.
그 둑길에 네 할머니가 코스모스를 주욱 심으셨단다.

몇 해에 걸쳐 심고 또 심었더니, 가을만 되면 그 둑길이 온통 코스모스로 뒤덮이곤 했어.

그 속에서 엄마는 행복한 표정으로 배시시 웃곤 했단다.

그럴 땐 엄마가 수줍은 아가씨처럼 느껴졌어. 참 곱고 예뻤지.

이 찻잔을 보는 순간 와락 눈물이 나더구나. 엄마 생각이 나고 시골집이랑 코스모스 둑길도 생각나고…."

엄마는 풍경이 바로 눈앞에 있기라도 한 듯 하나하나
눈으로 좇습니다.
엄마 얘길 듣고 있으려니 제 앞에도 그 풍경이 펼쳐지는
듯합니다.

"그럼 이 벚꽃 찻잔은요? 이 애 보면 재준이 생각나요?"
"흐흐, 내가 언제 말을 했나 보구나."
 엄마는 꿈에서 깨어난 듯 웃으며 말합니다.
"그래. 네 동생이 결혼하고 집을 떠나니 너무 허전해서….
 재준이 보고 싶을 때 보려고….
 재준이가 일본 애니메이션을 워낙 좋아했잖니. 재준이
 덕에 우리 모두 신카이 마코토의 〈언어의 정원〉과
 〈초속 5센티미터〉도 봤잖아. 벚꽃만 보면 이 작품들이
 생각나고… 재준이를 보는 것 같거든."
 엄마는 애정 어린 눈빛으로 벚꽃 찻잔을 가만가만
 쓰다듬습니다.

"엄마, 도자기가 이야기를 품고 있는 게 아니라 엄마가 이야기를 넣어 주는 것 같아요. 엄마가 도자기 속에 후후 생명을 불어넣어 주는 것 같다니까요."
엄마가 낯설고 신기해 물끄러미 바라봅니다.

"그럴지도 모르지. 그런데 다 그렇진 않단다. 어떤 그릇의 벚꽃이나 코스모스는 별 느낌이 없거든. 그런데 얘들은 처음 본 순간 가슴이 두근거렸어. 그러니 얘가 내게 먼저 말을 건 게 맞아."

"아, 그럴 수도 있겠네. 그럼 얘는요? 이건 아빠가 선물한 거잖아. 유일하게 아빠한테 받은 도자기."

"아, 그 차호는… 아빠야. 아빠를 닮은 것 같아서 아빠한테 선물해 달라고 한 거야."

"이게 아빨 닮았다고요? 음… 그런 것 같기도 하네. 아빠처럼 말이 없고 묵직한 것 같아. 재미는 없지만 속이 무지 깊은 것 같기도 하고. 진짜 볼수록 깊고 믿음직스럽네요. 이 차호랑 제일 많이 얘기해요, 엄마?"

"그럴 리가…. 제일 말을 안 하지. 네 아빠처럼 이 애도 입이 무겁거든. 아주 오래오래 바라보고 있어야 겨우 한두 마디 말을 붙여 줘. 네 아빠하고 똑같다니까."

엄마는 입을 한쪽으로 비죽이며 말합니다.

이럴 때 우리 엄마는 한참 열애 중인 아가씨 같습니다.

일흔 살 할머니처럼 보이지 않아요.

"엄마가 왜 그렇게 이 애들을 좋아하는지 알 것 같아요.
 근데, 나는 어디 있어요? 나는 어떤 애야?"
"너? 우리 딸은 이 애들 모두지. 이 애들 들여올 때마다 너랑
 티격태격 싸우고… 얼싸안고 좋아하고…. 너와의 추억이
 담기지 않은 게 하나도 없잖아."
"그래도… 그런 것 말고, 그냥 이 애가 우리 딸 같구나,
 하는 것 없어요?"
"아, 그런 거? 헤렌드 아포니, 저 애.
 이 찻잔이 너하고 꼭 닮았단다. 그렇지 않니?"
 엄마는 도자기장 제일 위 칸에 있는 예쁘장한 찻잔을 꺼내
 보여 줍니다.

"음, 뭐가? 어디가 닮았다는 거예요?"

"얘는 단아하고 우아하잖아. 예쁘면서도 다부진 데가 있고. 감성적인 것 같으면서 이지적이고 말이야. 완벽한 걸 추구하지."

"어머, 찻잔이 무슨 이지적이고 완벽한 걸 추구해요? 우아하고 단아한 건 인정하지만…. 엄마 말이 너무 재밌어요."

엄마의 표현이 우스워 깔깔거렸지요.

"이 섬세한 붓놀림을 좀 보렴.
선 하나하나를 다 수작업한 거란다.
이 흙의 느낌도 똑같잖니. 단단하면서도 우아하고
빈틈이 없어. 이런 아름다움을 빚어내려면 감성도
풍부해야겠지만, 절제된 이성과 인내가 필요할 거야.
꼭 너를 보는 것 같아. 네 동생은 슬렁슬렁 눙치는 걸
잘했는데 말이다."

"좀 과장된 것 같긴 하지만 일부는 인정해요. 근데 이
아포니 찻잔 진짜 볼수록 맘에 드네요."

엄마 말을 듣고 보니, 그 찻잔이 날 닮은 것 같기도 합니다.

"근데 엄마 닮은 도자기는 없어요? 꽤 많을 것 같은데….
뭐든 자기 닮은 걸 좋아하게 되잖아요.
엄말 가장 많이 닮은 건 어느 거예요?"
엄마는 갑자기 '쉿! 조용히 하라'며 내 귀에 가만히
속삭여요.
"애들이 들어. 그건 비밀이야."
나도 엄마 귀에 가만히 속삭입니다.
"그러게, 귓속말로 해 주면 되잖아요."
"안 돼. 이 아이들이 섭섭해할 거야."
선택받지 못한 아이들이 상처라도 받을 것처럼 엄마는
조심스러워합니다.

"그럼 내가 맞혀 볼까?"
도자기들을 하나하나 주욱 둘러봤어요.

"아, 이거! 이 도자기 엄마 닮았다! 세월이 묻어 있는 데다 우리 엄마처럼 기품이 있고 아름답잖아."
하얀 바탕에 자줏빛이 감도는 붉은 장미가 탐스럽게 그려진 앤티크 잔을 가리킵니다.
"무슨? 난 그렇게 귀족스럽지 않아. 그 애는 품위 있는 집안에서 우아한 귀부인과 함께 자란 아이 같아.
난 촌농집에서 자라 평범하게 사는 그냥 아줌마, 아니 할머니잖아."

"엄마도 공부를 더 하셨더라면 작가나 화가가 되셨을
 텐데…. 엄마, 지금부터라도 엄마가 하고 싶은 걸 찾아서 해
 보면 어때요?"
 불현듯 엄마도 꿈이 있었을 텐데, 하는 생각이 드니 마음이
 시큰거려 옵니다.
 엄마는 날 말없이 바라보다 나지막이 물어요.
"네가 그렇게 말할 때마다 난 주부로 산 내 삶이
 보잘것없었나, 싶어 속상하단다. 왜… 주부는 안 좋은
 거니?"

"아, 그런 게 아니라 엄마는 늘 양보하고 희생하니까….
 그늘에만 있는 것 같아서…."
 갑자기 눈물이 핑 돌아 말끝을 흐리고 맙니다.
"에구, 그늘이 얼마나 좋은데? 사람들이 그늘에 와 쉴 때면
 흐뭇하고 행복하단다. 그들이 그늘에서 쉰 후 다시 기운을
 낼 때면 얼마나 뿌듯한지…. 난 그늘이 안 좋다는 생각이 안
 드는구나."
엄마는 날 지그시 바라보며 산들바람 같은 미소를
짓습니다.

"그럼요, 그늘이 최고지. 우리 엄마가 제일이지!"
 난 엄지 척을 하며 엄마를 꼭 끌어안습니다.

그러자 엄마가 내 귀에 속삭입니다.
"비밀인데, 너한테만 살짝 말해 줄게.
 저기 저 구유화분 옆에 있는 옹기 주병 둘 있잖아. 걔들이 날 닮은 것 같아. 쟤들을 보면 그냥 나를 바라보고 있는 것 같거든."
"어머, 그래요?"
 난 얼른 옹기 쪽으로 다가가 자세히 들여다봅니다.
"정말 그러네! 엄마처럼 소박한데… 푸근하고 넉넉해요.
 우와, 정말 엄마처럼 편안해. 안기고 싶어요. 다 품어 줄 것 같아!"
 이때인 것 같아요. 도자기가 내 가슴속으로 쏙 들어와 말을 걸기 시작한 것이….

엄마와 나는 이제 '도자기' 얘기만 나오면 함께 눈을 빛내고
가슴을 두근댄답니다.
덕분에 엄마와 할 얘기가 예전보다 열 배는 더 많아졌어요.
우린 함께 도자기 축제나 도자기 박물관에도 가고 멋진
도자기 카페에 앉아 우아하게 차도 마셔요.
엄마와 난 둘도 없는 도자기 친구가 되었답니다.
이렇게 오래오래 엄마랑 도자기랑 소울메이트로
살고 싶어요.
원한다면 언젠가 내 딸도 함께요.

시니어 그림책 2
엄마와 도자기

2019년 12월 23일 1판 1쇄 인쇄
2020년 1월 10일 1판 1쇄 발행

기획	백화현
글	백화현
그림	백한지
펴낸이	한기호
책임편집	정안나
편집	도은숙 유태선 염경원 김미향
경영지원	국순근
펴낸곳	백화만발

출판등록 2019년 4월 17일 제2019-000120호
주소 04029 서울시 마포구 동교로 12안길 14(서교동) 삼성빌딩 A동 2층
전화 02-336-5675 팩스 02-337-5347
이메일 kpm@kpm21.co.kr
홈페이지 www.kpm21.co.kr

ISBN 979-11-968626-2-6 (07810)
　　　979-11-968626-0-2 (세트)

· 백화만발은 한국출판마케팅연구소의 임프린트입니다.
· 잘못된 책은 구입처에서 교환해드립니다.
· 책값은 뒤표지에 있습니다.
· 이 도서의 국립중앙도서관 출판예정도서목록(CIP)은 서지정보유통지원시스템 홈페이지(http://seoji.nl.go.kr)와 국가자료공동목록시스템(http://www.nl.go.kr/kolisnet)에서 이용하실 수 있습니다. (CIP제어번호 : CIP2019050079)

백화만발 '시니어 그림책' 시리즈는…

그간 주요 독자 대상에서 소외되었던 5090 세대의 삶을 아름다운 그림과 생생한 이야기로 담은 책입니다. 친근한 소재와 따뜻한 그림으로 어른들의 인생을 응원하고, 감사의 마음을 전하고자 합니다.

평범하게 사는 이 땅의 어머니 아버지 들에게 따뜻함과 애잔함 그리고 뿌듯함을 느끼게 해 주는 감동적인 그림책입니다.
김민선/제주 해내리 책모임

이 그림책 시리즈를 통해 아흔 살에 장미 전문가가 되려는 꿈을 꾼 타샤처럼 책 읽는 즐거움을 알아 가는 시니어가 많아질 듯합니다.
변춘희/어린이책시민연대 활동가

시니어 세대가 육체적, 정신적, 경제적, 문화적 약자로 전락하는 요즘, 그들을 위한 그림책 시리즈가 출간되었습니다. 주변 시니어와 공감할 수 있는 계기가 되어 새로운 사회적 가치와 행복한 삶을 추구하는 동기를 제공하리라 생각합니다. 무엇보다 젊은 세대도 편안하게 접하는 그림책으로 시니어의 삶을 들여다볼 기회가 될 것입니다. **오지은/광진정보도서관장, 덕성여대 겸임교수**

이 시리즈를 읽고 나면 누구나 세월에 묻어 두었던 마음 한 자락을 슬며시 꺼내어 웃게 될 것입니다. 담담하고 따뜻한 이야기 속을 자박자박 거닐다 문득 내 어머니 이야기가 궁금해졌습니다.
이원혜/서대문50플러스센터 교육사업팀장

중장년 남성이 대개 그렇듯 삶의 무게로 인해 인생을 고민할 여유도 없이 지냈습니다. 그러던 터에 '시니어 그림책'을 읽으며 아련한 추억이 떠올랐습니다. 미래의 내 모습은 어떨까 상념에 빠지기도 했고요. 일상의 소중함을 일깨워 주고 평온을 주는 그림책을 만나 행복해졌습니다. **백광세/코리아에셋투자증권 부사장**